성연시인선 24

사랑으로 가득한 꽃길여행

이정순 시집

도서출판 성연

사랑으로 가득한 꽃길여행

사랑은 우리들 삶의 꽃길입니다.

그냥 가는 길이 아닌 사랑으로 물든 아름다운 길을 함께 가야 한다. 삶의 구부러진 길에 숨겨진 작은 꽃씨처럼 사랑을 찾아 떠나는 여행이다.

글벗으로 첫사랑에 꽃을 찬란하게 피울 수 있었던 오늘, 사랑의 기쁨과 슬픔 그리움이 어우러져 마치 꽃들이 바람결에 흔들리는 향긋한 향기로 우리를 감싸고, 때로는 아픈 기억과 슬픔으로 마음을 무겁게 한다. 모든 순간들이 모여 우리들을 성장하게 하고 더 나은 내일을 꿈꾸며 달려가게 한다. 아름다운 인생여정 가운데 사랑과 믿음으로 살아온 수많은 인연들이 고맙고 감사함으로 내 마음을 촉촉하게 적셔준다.

때로는 향기로,
때로는 아름다운 빛깔로,
때로는 조용히 마음을 흔드는 바람으로,
사랑의 축복과 감동,
사랑은 우리의 희망,

"사랑으로 가득한 꽃길여행"에서 만난 여러분들 마음속에 당신들의 꽃길이 되어 언제나 사랑으로 가득하기를 소망합니다.

첫 시집을 발간할 수 있도록 사랑과 감사의 길을 인도하신 하나님께 영광 올려 드립니다

갈매기 떼 날갯짓 반겨주며
푸른 물결 잠잠하고
하이얀 모래 반짝반짝
밥상을 튀겨 놓은 듯
서걱서걱 노래하는 발자국
새하얀 모랫길
행복한 여행길
마음은 파릇파릇한 소녀인데

민진이는 서울 이화여자대학에 가고
강민이와 지오는 독일로 간다
보석같은 가족들
결혼 50주년
송이송이 피어올라
아름드리 큰 나무로
만방에 꽃피우리라
예수그리스도 향기를

『탐라여행』 전문

목차

3부. 가족사랑

4부. 예수그리스도 사랑

5부. 정다운 솔숲

6부. 땀방울 맺힌 소금꽃

7부. 사랑 가득한 꽃길

8부. 이명순 시집 시 평설評說

꽃바람결 시향기

꽃길 여행

마음과 마음으로 가는 길
보이지 않는 길이지만
든든히 걸어가는 길

보이지 않는다고
볼 수 없다고 답답함으로
가슴 조이며 애태우는 여행

희망의 닻을 달고
푯대를 향하여 달려가는 여행
떠오르는 햇살처럼 빛나고

열정의 꽃송이가 되어
휘날리는 꽃잎으로
포근히 그대 품에 안기고 싶다

위대한 하루

꿈결 같은 사랑으로
아름다운 향기로
마주하는 당신

시간이 없다고 바쁘다고
쫓기고 쫓기면서
숨 가쁘게 달려온 날들
그럴 수밖에 없겠다고
세월 따라 마음도 흘렀네요

보석처럼 지난 흔적들이
태산처럼 쌓이고 쌓여
희망의 깃발로 펄럭이고

부푼 꿈 고이고이
푸르른 창공을 향하여
행복의 나래를 펼쳤네

첫사랑 운해

하이얀 눈 꽃송이
새 생명을 잉태하듯
새치름히 피어오른
찰나의 찬란한 경이로움

숭고한 숨결
고귀한 물보라
피어오르는 해무

바람꽃 날라 와
새하얀 품속에 취하여
세 친구 얼굴을 살포시
매만지고 토닥여주는 물안개

황홀한 숨결 사랑
바람꽃 운해
환호하는 새하얀 꿈결 사랑
뜨거운 영혼이
운해 꽃 속에서 춤춘다

시 노래

새싹처럼 돋아나는
삶의 여정을 내딛으며
세상의 아름다움을 키웠어요

시 낭송으로
새파란 젊은 날의 추억을
내 가슴속 눈물을 닦아내고
애달프고 슬픈 마음
웃고 웃는 마음으로
행복의 징검다리 시 낭송

멀리까지 여행 온 인생길
뼈에 사무친 아픔의 상처가
맑고 깨끗한 영혼으로
고운 시는 꽃이 되고 나비가 되어
마음과 마음으로
어여쁜 꽃으로 피었구나

보따리

이른 아침 햇살에
살가운 따스함이
살금살금 다가 와

방끗 웃음 머금고
정답게 아침인사 하는
웃음보따리

따뜻한 동행으로
희망의 보따리가
싹을 틔우네

이 보따리 저 보따리
아름다운 세상을
보물 보따리로 꾸미리

백조

눈이 시리도록 해맑은 하늘
은빛물결 출렁이는
철새도래지
차가운 북풍한설을 피하기 위해
머나먼 나그네길

처연한 날갯짓으로
고고하고 우아한 자태를 뽐내는
순백색 백조행렬
유유히 흐르는 생명의 샘에서

순결한 사랑을 꽃 피우고
그리움 가득한 만남의 축복을
힘찬 하늘아래 어여쁜 물길질
찬란한 물길 사랑놀이
황금물결 속 해 맑은 수채화이어라

인생 꽃

나뭇가지마다 아름다운 자태로
어서 오라 손짓하는
봄의 전령사

초대 받지 않는 봄이어
외롭게 맞이하는 너
깜깜절벽 되어버린 코로나 신음소리

송이송이 외롭게 피어
슬피 우는 가련한 꽃이여
온 몸으로 숨 죽여 흐느낀다

벚꽃 우산을 쓰고
사르르 녹아내린 솜사탕 벚꽃송이
하늘 향해 꽃나비가 되어 날아간다

향긋한 꽃냄새도
어디론가 홀연히 떠나고

웃지도 울지도 못하는 나그네

해질 무렵 눈부신 꽃바람이
눈꽃이 되어 춤을 추고
잠잠히 희망의 꽃을 피우리

잔디 새싹

푸석푸석한 살갗으로
헐떡거리는 목마른 잔디공원
꽃바람 명주바람 솔솔바람 불고
하늘엔 구름조각 한가로이 노니네.

두 팔 벌린 나무들의 아우성
살가운 바람결 봄소식 속삭이지만
메마른 대지는 거친 숨을 뿜어낸다

대지에 탄생의 햇살이 쏟아지고
쩍쩍 종알거린 참새 떼 화음
바람과 구름이 뿌리는 환희의 단비

입가에 잔잔한 미소
새 생명 탄생을 축복한 꽃 마중
참새발가락 닮은 뾰족뾰족한 새싹
앙증맞은 발자국 소리 따라
얼굴 쏘옥 내민 어여쁜 잔디밭

청량한 참새소리
졸졸 흐르듯 피어나는
꽃 잔디 ...

파란이슬

파아란 꿈
나에의 행복
달콤한 사랑으로
방울방울 속삭이며
내 마음 다독여 주네

언제나 그리워
설레 임으로 향하는 곳
아침 햇살속의 영롱한 은구슬

옹기종기 모여
은방울 소리 수줍어
희망의 팡파르 울리고
흥겨워 춤추네

아카시아 꽃

행복을 여는 황톳길
산바람 아카시아 눈꽃송이
손짓하며 졸졸졸 꽃내음
흐르는 군무群舞

외씨버선 꽃송이 주렁주렁
푸른 꿈 눈꽃송이 소복소복 입춘 날
신행新行한 시가媤家마당 구고례舅姑禮의
새색시 고운 얼굴 버선코 예뻐라
마실 구경꾼 축복의 말씨들
설화屑話의 그윽한 향기에 취하네

유록빛 산기슭에 수놓은
무지갯빛 꿈을 꾸며
신나는 꽃바람 한들한들
코를 찌른 꽃향기
향긋한 신록의 단꿈에
젖어드네

여고동창 꿈

나비가 되어 훨훨 날아간
젊은 날의 세레나데
무지갯빛 우산을 접어
고운 꿈 소록소록 잠재웠다

남편 뒷바라지
아들딸 키우기
온 정성 깃들이고
어머니 삶 오십년 세월

빈 둥지 채울 길 없어
텅 빈 가슴 채우는
성악의 꿈 활짝 펼쳐
젊은 날 소녀가 된 숙이

미소 띤 입가
담아내는 심중心中의 소리
온 열정 마음속 깊은 곳

솟아오르는 삶의 소리

고이고이 간직한
삶의 고뇌와 희망이
솟구치는 이 아침의 꽃봉오리

할머니가 된 숙이는
청순한 소녀가 되어
그 꿈을 마음껏 펼친다
가슴을 울리는 청아한 노래로 ·

꽃 밥그릇

빚어내는 비범한 솜씨
흙으로 피워내는 밥그릇
장인의 손에서 꽃피우는 꽃그릇

생명의 향기를 꽃피울 그릇
찬란하게 피워낸 꽃 밥그릇
꽃보다 어여쁘지만 향기가 그리워

코사지 꽃 밥그릇
물고기 꽃 밥그릇
거북이 꽃 밥그릇

사랑 초 가득히 꽃피운 꽃 밥그릇
아침마다 웃음꽃 다육이의 사랑이야기
풍성하고 예쁜 금천수의 우아한 자태

디자인에 안성맞춤 꽃 밥그릇
꽃 사랑 애정으로 행복의 보금자리
호야의 포인트 꽃 밥그릇 매력에 빠지다

꽃 도둑

순결한 마음으로 날 이끄는 아침
오롯이 정직한 마음으로
하늘 향하여 진실만이 갈구하고픈 마음

어여쁜 자태로 나를 안위하는 꽃
나를 바라보는 너의 분신이 된 나
따사로운 눈빛으로 쓰담쓰담 하는 햇볕

행복을 선사하는 꽃내음 꽃향기
목마름을 호소하는 아침이면
어김없이 시원한 물 샤워

오고가는 이들에게 사랑의 쉼표
질투의 시선에 이별을 고해야하는 꽃
외로움에 너를 모셔 갔다면

꽃의 화신이 너를 보고 무어라 하겠느냐
집 나간 꽃은 예쁜 모습으로
나그네의 마음을 어여삐 토닥거려주렴

남편 서재

책들의 합창소리
나란히 줄지어 가지런한 서재
마음도 흥겹게
드나들던 책과의 대화

지금까지 읽어온 지혜가
살이 너무 많이 쪄서
비만이 된 서재
보물찾기로 찾아야하는
서재 속 책

두 겹 세 겹쌓이고 쌓인 책
책을 버리겠다고 용기를 내었지만
옛날 굶주림을 생각하는
간절한 갈등으로
버릴 수 없는 마음

사랑하는 자녀사랑 만큼

사랑하는 책 친구
통제 불능 과욕일까 사랑일까
당신을 떠나지 않으려는
친절하고 정다운 아우성 ····

분신

세월의 흔적들
고스란히 지친 모습으로
달려온 서재

책들이 말하는 많은 날들
한 장 한 장 정성스레
눈도장을 찍으며
키워 온 지혜의 산실

처음인 듯 설레 임으로
마주한 친구
애정 어린 눈빛으로
정성스레 드나드는 서재

배고픔을 참아낸 흔적의 책
동거 동락한 분신
남편의 진정한 벗

당당한 팔십

문학의 강을 건너온 계절
가난과 아픔과 배움의 고독
고붓고붓한 인생길 산수

삶을 노래하고
해와 달을 벗 삼아
종이위에 피워낸 세상
팔십년
대서사시 같은 끝없는 삶
설레는 가슴 피워낸 문학

세월은 지혜를 주었고
영원히 빛나는 열정
꿈만이 용솟음치는
꿈 많은 팔순
젊은 날의 꿈은 펄럭이고
작은 숨결모아
아름다운 문학 꽃 피우리

꽃 편지

잔달음으로 달려온 춘향골 꽃 편지
농사지으며 틈틈이 주경야독
꿈을 키운다는 스물한 살 청년

열아홉 살 갈래머리 여고생
어린 시절 추억이 깃든
아름다운 시골풍경 그렸네

철따라 먹고 사는 꽃잎 보내온
장다리꽃 보리꽃 밤꽃 가득가득
호박꽃 박꽃 옥수수꽃 지천으로 핀 산골
먹거리꽃 이삭 팬 삶의 굴렁쇠
소박하게 주고받았던 이야기꽃

꿋꿋이 배우고 익힌 소박한 파란 꿈
푸른 꿈 갈고 닦은 주경야독의 길
사랑의 편지지에 꽃그림 그리며
가슴속 고이고이 파고드는 깊은 진실

꿈을 거니는 사랑의 꽃 편지
영혼 깊은 곳에서
들꽃처럼 소박한 꽃잎향기 가득히
언제나 그대 곁에 꽃 편지가 될께요

내 마음의 속삭임

천사의 나팔꽃

촉촉한 웃음으로 반짝이는 초록아침
아기 꽃 허브와 난쟁이 꽃 다육이
바람이 실어다주는 꽃내음

젊음이 피어나는 앞마당
고운 꿈 정성을 담아서
가슴속 깊이 간직한 천사들
꽃망울 틔우는 꽃나무의 향연

목마름 물로 달래고
하늘빛 숨을 쉬어
진한향기 마을가득 흩뿌리고
꽃들이 멋들어진 연주회를 열어
오고 가는 사람들
눈과 귀를 호강하는
감미로운 향기와 연분홍 나팔소리

어여쁜 천사들의 모습으로

다소곳한 몸매 사뿐히 수그리고
덧없는 사랑을 흠뻑 담아
루루랄라 나팔을 불며
동네방네 떠벌리는 나팔소리
코로나 조심하라고

찻집인지 꽃집인지

나를 이끄는 꽃바람 살랑살랑
샘솟는 손짓으로 유혹하는 담쟁이
환호하는 꽃송이 접견을 받으니
숨겨 놓은 마음이 환해진다

이야기꽃 도란도란 찻잔 위에 춤추고
아기 솟대 찻집 지킴이
싱글벙글 웃음잔치 친정식구들
영원한 사랑으로 품어주는 우리

노~오란 설국 차 향기에 인정어린 건배
노~ 오란 병아리가 되어
한 모금 한 모금 건강을 마시며

하늘빛 창가에 상념을 내려놓고
꽃바람 살랑거린 길을 따라
보금자리 나의 집에 황금 나래를 편다

봄맞이

산등성이 핀 생강꽃
노란 물감을 뿌리면
산골짝은 기지개를 켜고
계곡溪谷 물길 돌돌돌 거린다
재잘재잘 물소리
정겹게 또르르 흐르고 굴러
기쁨으로 노래하는 골짜기

파란 하늘 따라
송이송이 피어나는 물방울
희망의 돛을 달고
물결이 너울너울 춤을 춘다

황금빛 불타는
보석처럼 빛나는 노을
오랜지 빛 향기에 물들어
봄을 맞이하는 속삭임
푸르른 꿈 꽃피는 행복
내 마음도 비단처럼 펄럭인다

호박벌

꽃 쟁반 살포시 날아든
오동통 어여쁜 호박벌
달콤한 꿀에 취해 이리저리
비행하는 멋쟁이 호박벌
날갯짓 흥겨운 노랫가락

귀 밝은 꽃들이 서둘러
어여쁜 자태와 향기로
손짓하는 꽃들의 아우성
달콤한 맛으로 유혹하고
방글방글 웃고 있는 호박넝쿨

불꽃 튀는 날개 짓
꽃 궁전 정다운 문안인사
잽싸게 행복을 전달하며
힘겹도록 지친 몸 가누려

호박꽃 속 행복에 묻혀

꽃가루 목욕하고 새 단장하며
꿀을 아낌없이 내어주는 어여쁜 너
꿀 호박 동글동글 익어가는
호박꽃 넝쿨 호박벌 환호해

인생 길

헝클어진 험한 산길
세찬 비바람 속에도
길이 되는 디딤돌

다시 뜨는 찬란한 해
혼돈속의 세상을 들여다보는
맑은 시냇가

한 발 한 발 건너는 겸손의 길
홀로 외로운 길이 되어
비움과 채움의 미학

이 세상 아름답게 가는 인생길에
내 마음속의 성전이 되어
새로운 길을 여는 지평의 디딤돌

디딤돌

매끄럽고 해맑은 디딤돌 건반
투명한 시냇물에
말갛게 씻은 얼굴

도 레 미 파 솔 라 시 도
경쾌한 멜로디 솔
나지막한 낮은 멜로디 미

속살거리는 바람소리
졸졸졸 물결소리
다정한 발자국 소리

화음에 맞추어 노래하며
꿈길을 찾아가는
나의 디딤돌

예쁜 사랑

사랑하고 좋아하는 마음
그리워하는 마음
오래된 책갈피에서 찾아낸
네 잎 클로버 사랑
예쁜 사연을 사랑하는 깊은 샘

오늘 숨소리가 감사하여
커다란 커피 잔 커피 향처럼
향기로운 아침 행복

서로 마음을 이어주는 인생여정
삶의 기쁨을 나누는 순간
눈빛만 봐도 마음을 읽어주는
남편과 꽃자리

녹슬어 가는 인생여정에
사랑으로 축복으로 수놓은
바로 옆에서 빛나는 별

찬란하고 따뜻한 동행으로
살아가리라
예쁜 사랑은 이렇게
우리 안에 춤추네

안개비

초록이 생글생글 미소 짓는
유록빛 실버들 가지 사이로
토닥토닥 걸어오는
아기 발자국 소리

함박 웃음꽃 송골송골
눈가에 스미는 촉촉한 그리움
거울처럼 맑은 강가를 걷는다

소곤소곤 속삭이며
내려앉은 안개비
나도 모르게
피어오른 빗물에 입맞춤하고
춤추는 물안개에 빠지다

우리 집

싱싱한 꽃 계단
아침 점심 저녁 밥상처럼
모습이 바뀌는 꽃 계단

식구들 발자국 소리를 기억할까
누구의 발자국 소리보다
나를 알아차릴 꽃들을 생각하며

다닥다닥 경쾌한 발걸음으로
미소 짓는 사랑으로
눈 맞춤으로 물을 주고

사시사철 피워내는 사랑이야기
애틋한 친구가 되어 준
꽃 계단 향기
행복 꽃길이 피어나는 우리 집

우정의 꽃

마음을 열어서 또박또박
알알이 영글어 가는 심상
편지지의 꽃밭을 가꾸는 하루하루

꽃밭 가득 나를 노래하는 시간
어제도 오늘도 해맑은 마음으로
정성어린 꽃밭 사연을 심어요

서로를 알아가는 친밀감으로
그리움과 기다림의 인고 속에서
젊은 날 꿈을 고이고이 간직하고

희망과 미래를 향하여
매일매일 섬세한 사랑으로
마음과 정성이 그리움으로 흘러

그리움을 그리는 회가가 되어
어린아이 같은 순결한 사랑으로

시인의 지성과 감성꽃 피우네

살며시 자리 잡은 우정꽃 영글어
나는 감동 덫에 매혹되어
꿈속을 걸어가는 아련한 사랑이어라

아지랑이가 피워 오르는 깊고 오묘한
사랑이 가득한 고결한 열매
꽃밭 가득 피어낸 사랑과 진실

탱자길

손주들 춤을 춰요 호젓한 길 양동마을
파ー란 울타리길 가족들 어깨동무
노란 탱자 주렁주렁 하얀 털 포슬포슬

키다리 탱자가지 흔들어 보았지만
아뿔싸 자연보호 때리면 아프다네
오솔길 울타리 길은 탱자나무 어깨길

마음속 고향산천 뾰족한 탱자가시
온 가족 둘러앉아 논 고동 빼어먹던
그리운 옛날이어라 향수 솟은 탱자길

꽃의 계절

가장 먼 길 꽃길
개나리를 만나면
노란 꿈길을 이야기하고
어여쁜 왕자님 공주님 손잡고
유치원 가야하고

화사한 벚꽃 길에는
새 신부 신랑
사랑 꽃 이야기를 들어야하고

계절의 여왕 오월에는
카네이션 꽃길
부모님과 스승을
정성껏 모셔야 하고

꽃향기 샤워로 황홀한
꿀벌과 나비
갈 곳 잃은 이방인
길은 멀고 즐거운 꽃길

시집 온 천사나팔꽃

남원 춘향골 난나라
먼 곳 시집 온
한 포기 천사의 나팔꽃

푸른 하늘 꿈 이야기
나팔주머니 가득 담아
꽃가지 주렁주렁 매달고
아름다운 사랑 속삭이네
마음과 마음 하나가 되고
꽃바람에 피어오른 사랑

꽃 천사 다소곳이 매달려
겸허한 여인들 참모습
고개를 숙인 너
삼십 여 송이 나팔들
바람결에 한 몸 되어
춤추는 천사들이여

고샅길 자동차 소리보다
힘차게 울린 천사의 나팔
종탑 푸른 종소리와 화음和音 이루어
꽃향기 가득 피어난
시집 온 천사나팔소리

가족사랑

내 사랑

내 모습 가득한 사랑
해맑은 얼굴 속에
소복소복 쌓이는 애틋함이
속세로 살갑게 타오르네

살그머니 다가오는
나의 분신이여
내 평생 삶의 기쁨을
송두리째 담아 있는 너

기쁨으로 마음 밭을 가꾸어
지나 마르나 너의 길을 위해
걸음걸음마다
예수님의 사랑을 심으리

이 세상의 가장 빛난
예수그리스도 향기를
오롯하게 담아서

광활한 삶의 길을
아름답게 꽃 피워
희망의 나래를 펼치렴

할미 할비의 기도로
날마다 소록소록 꿈을 키워
말씀의 능력을 체험하게 하고
하나님이 너를 감싸주시고
밤낮 기뻐하게 하소서

가족사랑

하이얀 목련꽃
봄을 알리는 반가움
그윽이 바라보아도 알 수 있는 사랑
가슴을 내어 보일 수 없는 깊은 사랑
몸조심 입 조심 마스크로 변장하고
애잔한 마음 대면 대면하는 조심스러움
마음껏 껴안아 주어야 하는
사랑둥이 손자들
뽀뽀도 받을 수 없는
안타까움 · · · ·

우두커니 바라보며 웃음 짓는 미소
혹여, 잠복된 바이러스로 해를 줄까 봐
노심초사 가족사랑
지고지순한 사랑을 채우는 건
사랑하는 내 자녀라는 이름
자랑스럽고
소중하고

그리운 내 분신들

내 가슴속
가득히 채우는 행복
갸륵한 마음
'고맙다'고
'사랑한다'고
'애썼다' 라는
말을 뒤로 하고 돌아오는 길
사랑과 은혜의 단비가 되소서

사랑

언제 어디에나
온유하고 따스한 빛

메마른 땅위에도
꽃피우는 생명의 말씀

눈물로 물든 길 위에도
희망을 심으신 은총

예수님
위로와 평화의 등불
내 영혼의 호흡이오니
늘 함께 계시옵소서

내 작은 삶의 고백이
주님께 향하기를
만 백에 꽃피울 사랑이 넘치기를

외로움

외로움이 밀려오는 날
햇님과 손잡고 꽃 속에 묻혀
꿈길을 찾아 헤맨다

전쟁의 피난길 소용돌이 속에서
이산가족으로 부모님과 떨어져 살면서
철부지 외톨이의 투정

엄마 아빠 사랑이 그리워
남모르게 흐르던 눈물
뼈 속으로 스미는 외로움

다소곳한 귀한 손녀로 귀한 딸로
계절은 산 넘고 물 건너
질곡의 아픔을 희망으로

흐드러지게 핀 꽃밭에서
사랑에 목마른 사랑초를 가꾸어
영롱한 봄빛 기쁨가득 꽃순이어라

선정묘 宣靖廟＊

그리움을 송이송이 담아서
은구슬이 되어 여월餘月 속에
우리 조상들 얼굴이 떠오르네

발그레 웃음 지으며
맞이하는 선조 선성군
따뜻한 훈풍에 새 잔디가 나오네

이제 왔느냐
그리움에 지치지는 않으셨는지요
인생 여정 굽이굽이 돌다가 길어졌네요

우리 부부
아들 삼형제
며느리 셋
손녀 한 명
손자 네 명 왔습니다
아름다운 주님 찬양합니다

*선정묘:충남 서산시 운산면 여미리
조선 정종의 넷째 아들 선성군 위패를 모신 사당

친정

내가 살았던 고향 친정은
산자락 벋어 내린 골짜기마다
초가집 오순도순 모여
정이 샘물처럼 솟고
굴뚝 연기가
모락모락 피어난 곳

내가 놀던 우리집 안마당은
예쁜 꽃밭 장독대가 가지런히 놓였고
고무줄놀이 소꿉놀이 오자미놀이
해 지는 줄 모르고 친구들과 놀던 곳

외양간 소
닭장 속 닭울음소리
마을 사람들 이야기꽃이 핀 골목길
새 물결에 떠내려가고
추억이 잠든 고향
자혜로운 주님 반겨주시네

하늘정원

아침마다 현관문 종소리가
청량한 울림으로 선 잠을 깨운다
하늘 정원 네모난 텃밭에
신선한 아침을 깨워서
반짝이는 초록별을 따다주는 남편

단잠을 잘 자고난 포동포동한 풋고추
예쁜 꽃송이 상추 잎
밥상에 폼 나게 차려 놓아
빨간 고추장을 찍어 입속에 쏘옥 넣으면
꿀을 만난 듯 춤을 춘다

이 세상 끝까지 나와 함께 할 당신
높이 떠 있는 별까지 따 올 것이라는
감사와 사랑으로 익어가는 나의 행복

탐라여행

갈매기 떼 날갯짓 반겨주며
푸른 물결 잠잠하고
하이얀 모래 반짝반짝
밥상을 튀겨 놓은 듯
서걱서걱 노래하는 발자국
새하얀 모랫길
행복한 여행길
마음은 파릇파릇한 소녀인데

민진이는 서울 이화여자대학에 가고
강민이와 지오는 독일로 간다
보석같은 가족들
결혼 50주년
송이송이 피어올라
아름드리 큰 나무로
만방에 꽃피우리라
예수그리스도 향기를

이별의 흔적

세상이 넓고 화려하다
꿈도 많고 나래를 펼칠 세상
어떤 세상이 좋을 것인가

호기심으로 가득한 손자형제
희망의 꿈을 가득 안고
새로운 세상 독일로
잔달음 쳐 갔다

절벽이 된 먹먹한 가슴앓이
뼈 속까지 스미는 통증
사랑의 종소리
깊이깊이 묻어둔
희망의 보물 가족

갓김치

머언 남쪽하늘 가을빛 무르익고
매서운 갯바람 흥겨운 바닷물결
돌산 다랑밭 오롯이 자란 갓

초록 치마 다홍치마 갓
다정스레 차려입은
오순도순 모여 앉은 사랑 꽃

곱게 곱게 키운 딸 시집 보낸 후
갓김치 담아 보낸 안사돈
정성껏 양념 때때옷 입고 온
여수 돌산 갓김치

가슴에 스미는 감사와 수고
짜릿 쌉싸름한 톡 쏘는 맛
애틋함의 향기는 알싸한 향
아삭아삭 멜로디언 흥겹네

천국 잔치

천국을 소망하는 우리
밝고 깨끗한 미소로
당신께 향한 뜨거운 진실을
반짝이는 별처럼
정열적인 열정에 꽃 피우려

아름다운 모습으로
황홀한 변신으로
두 팔 벌려 환호하며 펼치는 세상
아픈 다리와 허리가 무슨 소용이라며

영광 받으실 주님께 올리는 헌신
영원을 춤추며 목청 돋우어
더 맑은 목소리로
천국이 좋다고
온 누리에 울려 퍼지네

| 4부 |

예수그리스도 사랑

축복

진짜 좋아
진짜 멋있어
통틀어 한 사람인 당신
세상에서 오직 한사람

꿈결처럼 스미는 상념들
아픔을 웃음으로
힘듦을 인내로
슬픔보다 행복이
아름답고 순결한 사랑으로

행복한 여정의 꽃으로
사랑으로 감사로
깊고 깊은 축복 샘

그리운 분신

눈을 감고 채취를 생각게 하는 밤
길은 멀고 생각은 가깝고
허둥대는 밤의 그림자
풋풋한 그리움으로

마음속을 헤집는 깊은 시름
머나먼 이국땅에 총총히
꿈을 수놓을 나의 분신들

떠난 자리 애달파 눈시울 적시네
그리움이 송골송골 피어올라
어둠속에서 서성이며 부여잡는 그리움

축복의 통로로
간절한 마음모아
희망의 나래를 펼치기를 기도한다

기도

같은 마음 같은 자리
마음을 적시는 곳으로
감사로 기쁨으로 맞이하는 오늘

말씀으로 충만한
흥겨운 마음
푸른 하늘을 날고

빈 들녘은 풍요로운
함박웃음이 춤을 추는
넓은 세상만큼이나

간절한 마음으로
어린아이처럼 투정을 부리며
기도해야하는 여정

팔심 생일

팔팔한 팔십 살 생일을 축하
숨 가쁘게 살아온 인생길
축복의 은혜로 통로가 되어 살아가는

감사로 시작하는 일상이
밝은 태양과 빛으로 살아가면서
향기로운 삶을 향하여

순종하면서 살아가게 하시니
주님의 신실하신 섭리가운데
승리하고 기쁨으로 살아가게 하시네

하루 하루 은총으로 주님 은혜로
자비로움으로 살아가는 삶
모든 영광 주님께 드리옵니다

새날이여

세상이 너그럽게 빛나기를
좋고 좋았던 그 시절
저마다 아름다운 자태를 자랑하는 꽃처럼
나에의 행복이고 향기가 넘쳐나기를

내일을 밝히는 길은
나와 이웃을 다독이고 토닥이는
하늘마음
사랑과 감사를 나누고 가꾸어
은혜의 하루하루가
빨리빨리 그림을 그려가네
나이 숫자만큼
내 삶이 다르고 빠르다

근사하고 멋지게 살고 싶어서
동글동글 넓은 세상을 돌아보며
소중한 추억들을 소복소복 모아서
늙음으로 사랑과 향기를 뿜어내는

도란도란 행복한 기쁨으로
내일을 키우리라

아껴가는 행복을 찾는 오늘이
행복해서 웃고
그리움으로 웃고
하늘을 향해 기쁨으로 웃고
땅은 감사함으로 웃으며
웃고 웃는 새날이여

아름다워라
빛나라

사랑의 종소리

하늘 이야기
바람속에 가득 담아
주렁주렁 집 앞을 밝혀주는
아름다운 사랑이여

마음과 꽃잎이
하나 되어 꽃바람에
피어오르는 사랑

다소곳이 고개를 숙인 너
정숙한 여인인양
송이송이 피어나는
천사의 나팔 꽃
바람결에 한들한들 춤추며

들려주는 사랑의 종소리
어렵고 힘든 세상
천사의 나팔소리에 쫓기우고
가슴 속 사랑 꽃으로 피우리

마음 향기

황금빛 노을이 노래하는 하늘가
온 동네 보석처럼 빛나네
황홀한 노을 속에 꿈을 싣고
도란도란 살아가는 삶

오렌지 빛 향기
황금물결 춤추며
마음가득 달려오는 행복

어제와 오늘의 여행길을 서성이며
고마운 사랑 꽃으로
다정스레 내어주는 마음속

내 마음 가득한 사랑
청아한 축복의 통로로
향기로운 마음의 향기 담으리라

키르키즈스탄을 위한 기도

하늘정원 구름깃발 실크로드 길
하늘 아래 동네
파란 하늘 흰 구름 만년설이
두 팔 벌려 손에 손을 잡고
축복의 춤을 추는구나!
성령의 바람이 일어나게 하소서
푸르름을 뽐내는 파아란 하늘
하얀 구름 뭉게뭉게 고운 꿈을 키우네

초원을 키우기 위해 산 그림자가
우뚝우뚝 서 있고
광활한 초원에 드리워진 양떼 목장
허브꽃 향기가 코끝을 적시며
향기에 취하게 하고
분홍꽃 노랑꽃 하얀꽃 보라꽃
양탄자에 누워 은혜로 잠들고 싶네

청아한 하늘 청결한 땅이여!
하얀 구름 내 마음 순결한 사랑 꽃이어라
코발트빛

청록색
비취빛 호수도
하늘을 닮아 쌍둥이네
파아란 이식쿨호수에 기적의 바람이
일어나게 하소서
성령이 가득하고 사랑이 가득한 호수이어라

양치기 아이들
눈망울은 자연을 닮아 해맑고
오가는 여행객 사랑을 듬뿍 받은
하늘 천사이어라
천산산맥 만년설은 녹아 호수로 흘러가고
오 사랑하는 키르키즈스탄이여
아름다운 천국이어라!

고구려의 후예 천재적인 전략가 지휘자
영적 고선지 장군 전투의 주역으로
개척하고 보호한 실크로드는
당과 고려 일본 동서무역 교류에 이바지했네.

천상의 위치에 있는 KIUC대학
복음 꽃 활짝 피소서
하얀 구름 속 산기슭 아래
수평선 코발트빛 호수여
잔잔한 주님의 사랑 속삭이며 노래하네

호숫가 금 모래성 발자국은
하늘나라 향하는 지름길이어라
사랑하는 자여!
세상의 모든 영광을 높이 올려드려
할렐루야 노래하세
위대하여라
창대하여라
키르키즈스탄이여!

한마음 감사축제

색동옷 곱게 차려 입은 가을들녘
주님의 축복이 춤을 추고
하나님의 섭리가 가득 넘치네

황혼의 인생길에서 맞이하는
온갖 풍상의 희로애락들
아름다운 영혼의 주름살이
빨갛게 저물어 가는 노을을 타고

은혜의 마중물이 되어
자자손손 흐르고 흘러넘치소서!
실버들 흠모하는 한마음 축제이어라

희망씨앗

그럴만한 이유로
사랑을 심고 심어야했다.
가슴속 깊이깊이 나눌 은혜
씨앗이 준비 되었는가

간절한 표상을 품고
활짝 피어난 아름다움
희망이 가득 찬 고운 순정 꽃
풍족한 하얀 수채화 그리고
세상 속 맑고 깨끗함이여

마음이 어둡고 괴로움을 버리고
오롯이 풍성한 꽃으로
튼실한 열매로 준비된
말씀의 열매를 담으리라

오감치유

요술쟁이 변덕쟁이 손
무엇이든지 손이 닿기만 하면
예쁘게 바르게 찬란하게
눈과 마음을 빛나게 하는 손

생각하고 마음먹기 만 하면
척척 박사가 된 재주꾼 손
시선이 멈추는 더러워진 곳
어김없이 친절한 깨끗한 손

눈으로 본 걸작을
작품으로 탄생시키는 요술쟁이
세월의 흔적이 묻어나는
거칠어진 손길의 아름다운 향유

언제나 부지런하게
쓰다듬고 보듬어 나누는 사랑으로
반갑게 들려주는 건강한 응원가
보물 눈 코 귀 입 손
아픔도 기쁨도 함께 이루어 가는 오감치유

사랑과 정성과 배려
오감으로 느끼는 세상의 선물
믿음과 치유의 통로

| 5부 |

정다운 솔 숲

곰솔 숲

서낙동강 끝자리 둑길
도래솔 무리무리 소나무 방풍림
바늘잎 청솔가지 머리에 이고
금잔디와 홀컵 깃발이 나를 반기네

티 박스에 공을 올려놓고
자세를 가다듬고 기를 모아
골프채를 샷 하면
탁 하는 경쾌한 소리와 함께
쏜살같이
홀컵을 향하여 빨려 들어가고
땡그랑 땡 소리가
둑길에 울려 퍼지면
홀인원을 환호하는 팀원들의 외침
비둘기들 깜짝 놀라 날아오른다

낙동강 강바람 우르르 몰려 와
솔밭을 빗질하며 축하한다
곰솔 숲 소나무 가지들이 춤을 춘다

깃발

홀마다 펄럭이는 깃발
정다운 사람끼리
웃음꽃을 선사하는 선남선녀

황금빛 잔디구장에
홀인원 꿈을 꾸며
샷의 깃발을 꼽는다

시원하게 달려가는
흥겨운 라운드
발걸음도 기볍디 가볍다
환호하는 비둘기가 구구 노래하고

삼삼오오 짝을 지어
마음속의 번뇌를 쏟아내는
즐겁고 신나는 라운드

이슬

티 박스에 올려놓은 공
정 중앙의 그린을 향하여 있다
홀인 공략을 위해
드넓은 잔디밭을 응시한 뒤
나의 온 몸을 가다듬고
솟아오른 태양의 기를 모아
둥근 지구를 힘껏 내쳤다

딱 맞은 소리는 경쾌하게
이슬아침 정적을 깨뜨리고
잔디가 양탄자처럼 깔려 있는
풀잎 위를 날아가 길을 벗어나
툭 튀어 올랐다가
떼굴떼굴
벌타가 있는 오비 존으로 구른다

그곳에는 토끼풀
네잎 클로버들이 옹기종기 모여
야곱이 받았던 이슬 축복을 흠뻑 받아

영롱한 이슬방울 이고 지고
무거운 공을 떠받들며
아침 이슬들이 번쩍번쩍 빛난다

이슬은 온 세상이다
소나무 향나무 상수리나무들이
이슬방울 속에 맺혀있다
나의 모습도 그 속에 비친다
이슬은 오달지게 매달렸다가
햇살이 빗질하듯 내리면
꿈속 꿈속으로 사라진다

홀인원

간밤에 이슬비가 내렸는지
이슬방울이 유리알처럼
다정스레 손짓하며
신호파크골프장 홀에 깔린 잔디밭
은구슬들이 맺혀있네

영롱한 이슬아침
내 발자국 따라
해맑은 웃음으로 윙크하는
행운과 행복의 손짓
7번 홀로 나를 이끌어
홀인원의 기쁨
두 팔 벌려 환호케 하네

장거리 샷으로 스트레스
이슬이 또르르 구르는 공과 함께
파아란 하늘로 날려 보내네

단거리 샷으로
땡그랑 소리 경쾌하게 울리며
이슬방울 툭 뛰어오르고
꽃불놀이 함성을 울려
짜릿한 기쁨에 어깨가 우쭐하는 하루

솔방울 찬가

넓은 잔디밭 경기장을
도래솔처럼
호위하고 서 있는 해송들

따가운 햇볕을 가려주고
솔솔 부는 바람 따라
도레미파솔라시도 노래한다

살아있는 자연소리 속삭임
입맞춤 하며 날아온 참새 떼
쩍 쩍 쩍 재잘거린다

잔디밭 경기장에 뒹구는 솔방울
금빛 노을을 닮아
곱디고운 자태로
나를 유혹한다

골프장

화려한 변신에 무지갯빛 공을 치며
깡충깡충 뛰노는 할배 할미 놀이터
둔탁한 발걸음이 나긋나긋

드넓은 초록 잔디 펼쳐진 은하수길
상큼한 풀 향기에 취하여
풀잎 사랑으로 어우러진 사랑과 건강

쏜살같이 달려 나간 빨간 골프공
숨바꼭질 놀이터 클로버 오비 존
몽실몽실 피어오른 토끼풀
꽃 무덤 꿀벌들과 노니는 골프공

사랑 가득한 꽃잎에서
돋보기 속 네 잎 클로버 찾아
행복에 행운까지 기쁨으로 화답하는
향긋한 골프 사랑

나의 하루

푸른 강물에 유유히 떠 있는 나
어디론가 쉼 없이
떠나야 하는 마음의 여정
오늘이라는 여행

여행자가 되어 정해지는
24 시간
새 하얀 도화지 위에
큰 발자국을 그려놓고

무지갯빛 고운 길을
한발 한발 내 디뎌 본 다
하찮은 오늘은 없다

새파란 꿈속을 거닐며
갈래머리 소녀가 되어
고이고이 간직한
그리운 만년의 꿈

아름다운 사랑의 꽃길로
하루를 꽃피우는 감동
오늘의 삶이 더 값지도록
나의 황금 빛
자화상을 그려 본다

바다사랑

나를 반기는 망망대해
캔버스에 파란물감 춤추고
살랑살랑 손짓하는 파도
살갗을 스치는 바람결

코발트 빛 하늘 아래
은모래 반짝이는 보석 길
발가락이 간지러워
까치발로 조심조심 걷는 길

자연의 숭고한 축복 속에
한 치의 오차도 없는 간결함
모래톱 바람결 반짝이는 걸작들
곱고 고운 살결이 어여쁘다

넓디넓은 바다의 섭리로
캔버스 걸작은 언제나 진행형
생명의 씨앗들이 호흡하는 곳

황홀한 자연의 숨소리
노을이 그리운 황혼길
황금빛 사랑의 행복이어라

바닷가 추억

은빛 물결
손에 손을 잡고
나풀나풀 춤추는
물안개 하얀 미소

가만히
가만히
나를 부르는
바닷가 축제장
출렁이는 파도소리 내 가슴

희망의 돛을 달고
쪽배를 타고 달려 나간
내 마음
춤추는 파도와 친구 되였네

헝클어 진 마음
잠잠히 토닥이고

따스한 솜이불 물안개
짭짤한 바다 맛깔스런 내음
바다향기 가득 피워낸 파도

이끼 정원

휘감는 계곡바람 노닐며
뒤엉킨 미학의 자연정원
물안개 찰랑이는 안식처에
기다림의 이끼 꽃이 피었네

촉촉하고 가녀린 얼굴
앙증맞은 작은 이슬 속살 드려내고
다소곳이 낮고 낮은 보금자리
초롱초롱 반짝이는 이끼정원

혼탁한 공기와 어지러운 세상이
초록 꿈 흠뻑 뿌려
눈으로 먹은 아름다움
맑고 맑은 숨결로 열리는 청정지역

새 생명을 잉태하는
이끼정원에 옹기종기 사랑의 꽃으로
행복이라는 징검다리 되어

귀한 손님 초록융단 곱게 깔아
생명의 새싹들이 춤추는 초록정원

거울

나를 잘 아는 너
혼자라도 외롭지 않아
언제나 그 자리에서 나를 반겨주는 너

행복한 아침
해맑은 웃음으로 아가처럼 웃고
사랑이 춤추는 미소

입맞춤으로
사랑이 피어나는 너
언제나 감사로 반기는 너

흐트러진 머리결을 매만지며
감사와 사랑으로
정겨운 하루를 맞이합니다

얼굴

하이얀 미소로 두둥실 떠오른 달
마음 가득 피어나는 꽃밭
보름달 속에 떠오르는
인정이 따스한 넉넉한 얼굴

푸른 바닷가에 떠오른 행복
밝게 투영되어 비추니
생글생글 떠나는 여행자

해맑은 얼굴이 황홀하여
청순한 소녀의 기도로
햇빛처럼 부요한 사랑으로
찬란한 내일의 꿈을 꾸리라

아기단풍

내장사 가는 길
아기 단풍길
정열을 불태워
붉은 물감을 뿌렸네

어여쁜 아기 손가락이
어쩌면 이리도 고울까
가지마다 뽐내는
곱디고운 아기단풍
정겹게 양손 벌려 환영하네
앙증스럽고 예쁜 단풍숲길

감동의 물결을 타고
목청을 돋우어 환호하네
이 가을의 향연을
불꽃처럼 태우네

가을하늘

바람이 하늘을 파랗게 색칠하면
들녘에는 황금물결 속삭이고
농부의 얼굴에는 해 맑은 미소

지나간 발자국마다 흥겨운 노랫소리
노래로 풍성한 가을 가에
희망의 가을걷이 가득히 쌓으니

꿈결 같은 지난날들이
고이고이 서성이며
황금빛 소박한 나래를 펼친다

가을 하늘아래
깊어가는 그리움을
푸른 캔버스에 담아본다

임

언제부터 나를 기다렸을까
작고 가녀린 잎새로 움터

비바람에 흔들리고
태풍 속에서 발버둥 치며
펄펄 끓은 한여름
빨갛게 화상을 입어

매미소리로 고통을 치료하고
세월을 이야기하는 가을바람 속
나를 만나기 위해
찢겨 나간 아픔을
견뎌온 어여쁜 단풍잎

우체국 벤치
내 무릎에 살포시 떨어진 너는
나를 기다리다 지친님이어라

가을 선물로 황홀하게 다가와
나를 감동하게 하는
아름다운 추억 꽃 가득
책갈피에
곱게곱게
너의 사랑 간직할 게

가을노래

이른 아침
잔디 숲 반짝이는 아기이슬 별
풀잎에 송송 맺히어
참 영롱한 아침이슬
은빛초롱 찬란함이 눈부시다

가을바람
따사로운 가을빛 뿌리내려
애지중지 보살펴 온 옥구슬
오곡백과 무르익어
허둥지둥 가을을 준비하는 일손
황금 가을바람이 눈부시다

가을 열매
억수장마 오롯이 받고
불볕더위 소나기 잎들은 춤을 추고
어수선산란한 계절이 가면
하늘만큼 큰 사랑 받아

화려한 외출로 뽐내는 가을들녘
풍성하고 풍성한 결실이 눈부시다

가을들녘

소슬한 갈바람
하늘을 파랗게 색칠하면
들녘에는 황금물결 속삭이고
울긋불긋 색동옷 갈아입은 나무들
산자락 고운 평풍 둘러치면
농부들 얼굴에는 해 맑은 미소

먹장구름 소나기
불볕더위 지나간 발자국 잃고
벼이삭 누렇게 황금빛 고개를 숙이네
귀뚜라미 흥겨운 노랫소리
마음가득 풍성한 가을 가에
희망찬 가을걷이 가득히 쌓으니

꿈결 같은 지난날들이
고이고이 서성이며
가을 들녘 황금黃金새

훨훨 날아다니고
황금빛 소박한 나래를 펼친다

꾀꼬리단풍

꽃바람 타고 날라 온 꾀꼬리
어여쁜 날갯짓
울음소리 은방울 구르는 듯

시원한 매미울음
귀뚜라미 소리와
고추잠자리 날갯짓에 밀려가고
가을 이야기를 들으려는 듯
귀를 쫑긋이 세운다

날갯짓 귀엽게 떨어진 꾀꼬리단풍
황금빛 찬란한 은행나무
빛에 화가가 되어
샛노랗게 밝힌 비단길
함께 걷는 황금길

앙상한 나뭇가지마다

꾀꼬리 깃털이 나풀나풀 춤추는
어여쁜 존재의 단풍 꽃
알록달록 홍단풍
꾀꼬리단풍 옷 입고
낙엽이 뒹구는 비단길을 걷는다

땀방울 맺힌 소금꽃

내가 나를 키운다

내가 있는 건
나를 사랑하는 나
꽃밭에서 피운 꽃송이가
새벽이슬 소곤소곤 속삭이는
인정의 꽃으로 피우는 나

나를 키우는 건
나로 인하여 열정과 진심을
나의 꽃밭에 피어낼
꿈동산이 나를 성장케 하네

기쁨의 환호성이 들려오는
사랑의 속삭임
나를 지지하고 응원하는
오늘의 작은 선택이
내일의 큰 숲이 된다

꿈

아픈 다리 끙끙 뒤척이는 밤
세월만큼 애지중지
나이 듦의 남모를 신음소리

환한 등불 밝혀들고
엄마 마중 나온 아들
이국천리 멀고 먼 길
꿈에서 만났구나
네가 밤길 조심하라고
꿈길에 환한 등불을 밝혔구나

꿈길에서 만나
그리움이 서성이는 사랑
바닷가 모래처럼 쌓이는 상념
희망의 등불을 피워
소망의 길을 걸어가자

낭송의 옷

어떤 옷을 입힐까
기쁨의 날개를 달고
그에게로 달려 가리라

너와 나의 감정을 그대로 담아
환한 미소로
가슴을 활짝 열어
탄성이 터져 나오는
지혜의 삶
낭송 옷 꽃길

폭포수처럼 쏟구치는
희망의 닻을 달고
내 몸에 맞는 옷으로
시낭송에 주파수를 맞추어
따뜻한 향기로
잠든 시간이 숙연하여
소리의 맑은 빛깔 속에
활짝 피어나는
낭송의 꽃이 된 나

나에게

늙지 않으리라 발버둥이 쳐도
살며시 스며든 나잇살
병病자랑 약藥자랑
늘어나는 훈장들

늙을까 염려하지 마라
할매는 좋아
손주들 사랑의 세레나데는
준비된 희망이 펄럭이는 폿대

생각은 젊음의 파릇한 소녀
마음은 익어가는 청춘
몸은 천근만근
소리 없는 아우성으로

청춘 같은 늙음
온유하고 예쁘게 늙어가요
천국의 소망
숭고한 사랑으로 늙음이어라

새 힘

웃으세요 하하 호호
웃음으로 행복꽃이 피어나고
함박웃음이 춤을 추어요

눈물을 흘리세요
줄기차게 쏟아지는 빗줄기처럼
가슴속 응어리를 토해 내세요

더러는 눈길을 헤메이고
휘몰아치는 태풍속 수다 속에서
울며불며 돌아온 길

사랑도 미움도 꽃피우고
웃다보면 웃음이 춤을 추고
울다보면 새 힘이 솟아나요

시 노래

새싹처럼 돋아나는
삶의 여정을 내딛으며
세상의 아름다움을 키웠어요

시 낭송으로
새파란 젊은 날의 추억을
내 가슴속 눈물을 닦아내고
애달프고 슬픈 마음
웃고 웃는 마음으로
행복의 징검다리 시 낭송

멀리까지 여행 온 인생길에서
뼈에 사무친 아픔의 상처가
맑고 깨끗한 영혼으로
고운 시는 꽃이 되고 나비가 되어
마음과 마음으로
어여쁜 꽃으로 피웠구나

세월

나를 위하는 시간이 아까워
허둥지둥 살다보니 온 몸은 아우성
이제 나만을 생각하려 살자 하나
상처뿐인 이내 몸
검은 머리 은빛이 된 나

허공을 맴도는 육신
흘러가는 구름 속에
이미 행복을 가득가득 안고
세월은 우리를 채워주어

사랑과 우정으로 다져진 당신과 나
아름다운 하루하루 은총으로
지금처럼 오늘처럼 건강하고 행복하게
사랑을 노래하는 시인이고 싶어라

약속

찬란한 하늘아래
따뜻한 숨결처럼
청청한 꿈을 키운다

아련하고 어두운 그 시절이
아픔으로 질척거리고

희망을 뿜어내는 분수처럼
영원을 노래하는
내가 나인 것을 감사하며

별처럼 빛나는
영롱한 불빛이 되어
늙음의 미학을 향하여
멈춤 없는 배움의 평생학생

새처럼

어여쁜 색깔에 취하고
날갯짓에 취하고
노래 소리에 취하여
새 둥지에 취한 한나절

어린아이처럼 즐거운 영혼
손바닥 간식을 쪼아 먹으며
재롱을 부리는 새 몸짓의 짜릿함

동그란 우리속 새들은
편안한 안식처인양
함께하는 자연의 소리

동심으로 돌아가는 치유의 시간
맑고 투명함에 고운심성
새들의 하모니에 수줍은 남편

천하장사

어둠속을 지키는 천하장사
어둠의 기를 모으고 모아서
지구를 떠받드는 뿌리

이 세상에 빛을 발하려
어둠속을 지키는 충절
바깥세상 궁금하여

줄기를 세우고 잎사귀를 송출하여
세상의 빛을 받으며
암흑 속에서 안내하는 파수꾼

사시사철 세상으로 내 뿜어내는
숭고한 자연의 힘에 순응하는
어영차 영차 운동하는 뿌리 천하장사

나이

나이가 든다는 것은
나를 다시 생각해야 하는 시간
잘 모르겠다

담담하게 이일저일 생각하다가
종지부를 찍고
여러 가지 상념에 빠진다

둥글둥글 둥글게 살아야지
넉넉한 마음으로
용서와 사랑으로

쉼 없는 삶에서
모든 것들은 순간이고
무엇을 위하여 나이 들어가는 가

나무를 심으면 새가 날아들듯이
큰 나무 그늘이 되어
외로움에 지친 이의 친구가 되리라

존 중

내가 나를 인정하는
뜨거운 청춘의 이정표
같다고 무시하지 않고
배척하지 않는 다름으로

나의 것 나의 길
너의 것 너의 길
다채로운 나와 너의 길

함께 가는 길에
존중의 다리를 놓아
깊은 마음의 길을 함께 가야한다

사랑동이

할미 할비 닮은 손주
에미 애비 닮은 자식
누구인가 했더니 그리움의 대상

머릿속에 새겨진 너희 모습
숙제하듯 꺼내야하는 그리움
마력 같은 끌임으로 마주하는 시간

지고지순한 사랑으로
사랑이 쌓여가는 인정의 큰 강
내 귀가에 몸에 맴도는 사랑의 종소리

사랑의 덧셈이 쌓이고 쌓이는
희망의 보물섬 보석으로
사랑과 그리움의 홍수가 되어

마음은 갈 곳을 몰라 헤메이지만

우아하게 곱게 비단 꿈 이루어
할미 할비에게 보은해 주렴

자서전 쓰기

두근거리는 작은 가슴
봄비처럼 소근 대는 희열
스며오는 부푼 꿈

파란 꿈을 하늘 높이 매달고
뛰어가는 꿈 많은 소녀
어디쯤에 그가 있을까

매일매일 꿈을 불러 모아
책상위에 꽂아 놓고
희망의 꽃을 열망한다

인생길에 푸른 신호등을 켭니다
쉼 없이 달려 온 인생길
평생학생으로 살아온 나

선택의 자유함 속에서
후회보다 모자람이 적어서

행복을 만지작거린다

존귀한 삶으로
감사의 탑을 높이 쌓아
지혜로 영글어 가는 인생 여정

찬란한 내일이
보름달 속에 피어오르는 행복
황홀한 빛으로

사랑 가득한 꽃길

우포늪

황홀한 자연 숨결
억겁 세월 노래가 흐르고
자연의 속삭임
생명의 향기가 솟구치는
살아 숨 쉬는 고향의 맛
진수성찬

태고의 신비를 간직한 늪
어머니 품속 그리움 가득 안고
온갖 생물 둘러 앉아 먹는
우포늪 자연밥상

푸르름의 고요 속에 잉태하는
고귀한 생명의 터전
자연의 선물들이 향연을 펼치는
자자손손 행복한 밥상

계곡의 향기

구불구불 숲속길 울창한 산길
조잘거리며 속삭이는 산새소리
구름 속 깊은 산속 걸어가는 물소리
도란도란 속삭이는 돌탑

맑은 물 촉촉하게 목욕재개 하고
상기된 얼굴로 마중 나온 돌무덤
키다리 돌 난쟁이 돌 둥글납작한 돌

그리움 계곡 가득히 끌어안고
동글동글 사랑스런 돌 군상群像
깊은 뜻 가슴깊이 새긴 사연
사랑과 슬픔을 노래하는 돌탑들

스쳐간 손길따라 많은 사연들
반짝이는 돌에 이름표를 달아보며
물결 깊이 백팔번뇌百八煩惱 오롯이 씻어내고
온종일 목청껏 울리는 사랑가

통일의 꿈

DMZ 평화의 길
빛에 투영된 푸르른 산 빛
영롱한 빛으로 마중 나온
분단의 상처 가득 안은 DMZ

미확인지뢰지대
"지뢰"경고 철조망 따라
위치 추적기를 달고
초록잎 사이로 송이송이 빛나는
태양의 숨소리와 새소리만 들리는
민통선을 걷는다

녹슨 철조망으로 전쟁의 슬픈 역사를
나뒹구는 접경지역 자연의 잔재
희망의 꽃이 필 때까지
오도 가도 못하게 막은 철책

푸른 초원의 평화와

한민족 한 핏줄의 만남과
통일의 꿈을 이루리

사랑과 진실

마음을 열어서 또박또박
알알이 영글어 가는 심상
편지지의 꽃밭을 가꾸는 하루하루

꽃밭 가득 나를 노래하는 시간
어제도 오늘도 해맑은 마음으로
정성어린 꽃밭 사연을 심어요

서로를 알아가는 친밀감으로
그리움과 기다림의 인고 속에서
젊은 날 꿈을 고이고이 간직하고

희망과 미래를 향하여
매일매일 섬세한 사랑으로
마음과 정성이 그리움으로 흘러

그리움을 그리는 회가가 되어
어린아이 같은 순결한 사랑으로

시인의 지성과 감성꽃 피우네

살며시 자리 잡은 우정꽃 영글어
나는 감동 덫에 매혹되어
꿈속을 걸어가는 아련한 사랑이어라

아지랑이가 피워 오르는 깊고 오묘한
사랑이 가득한 고결한 열매
꽃밭 가득 피어낸 사랑과 진실

오색단풍

어여쁜 이야기 날개에
꽃바람 타고 날아온 꾀꼬리
숲속 꾀꼬리 노래 소리
은방울 구르는 듯
한들한들 춤을 춘다

고추잠자리 날개 짓에
물드는 오색단풍
갈바람 해바라기 꽃 어루만지면
귀뚜라미 울음소리 귀뚤귀뚤
가을 이야기를 들려주네
도토리 알밤 주운 다람쥐
귀를 쫑긋이 세워 엿듣네

황금빛 찬란한 은행나무
귀엽게 물들인 꾀꼬리 잎 새
빛의 화가가 되어
산자락 곱게 물들이고

샛노랗게 밝힌 낙엽길
풍성한 늦가을 알록달록 단풍 숲

꽃단장으로 화려한 꽃밭
춤추며 노래하는
흐드러지게 꽃피운 정원
바스락바스락 노래하며 걷는
정겨운 꾀꼬리단풍길

실크로드 아이들

눈망울은 자연을 닮아 해맑고
오가는 여행객 사랑을 듬뿍 받은
하늘 천사이어라

초록들판 아이들
보석처럼 빛나는
만년설의 꿈

자연과 하나가 된
평화가 노래하는 곳
세상은 그들 속에 흐른다

가을

그리운 사람
가을 냄새가 나네요
그냥 걷기만 해도 좋은
드넓은 황금 잔디길

낙엽이 친구 되어
가슴속 낭만이 피어오르는
잉크 빛 시원한 하늘
따사로운 햇살로
유혹하는 가을 길

한들한들 날 부르는
가을바람 선율 따라
오색물결 단풍길 정겨워
가냘픈 미소로 손짓하는
꼬마 단풍잎

정겨운 애틋한 사랑
갈 길을 잃어버린
가슴 아픈 가을이여

꽃노래

길을 환하게 밝혀 주는 꽃
이름표를 달아주지 아니한 꽃이지만
온 동네 초롱꽃 길

다정한 이웃에게 나팔을 불어주며
이름 모를 달콤한 향기에
피자 냄새 촉촉한 길

오는 사람 가는 사람
눈 맞춤으로 신바람 난 신랑님
아침저녁 물 샤워로
꽃길을 가꾸는 지킴이

만발한 수국
꽃분 가득 화려한 페투니아
사랑초의 미소
천리를 가는 천리향
눈 맞춤으로 웃음꽃
화려한 꽃으로 인사하는
꽃노래 소리 흥건하다

물의 여행

아침이슬 동글동글
햇님과 숨바꼭질
힘자랑 힘겨워 방울방울 춤추고

꽃잎속에 새근새근 잠들고
한나절 쉬어가는 꿈속
드넓은 하늘가로 여행하는

구름속 물방울 무거워서
힘겨운 고함소리
멈추지 않는 빗소리
세상의 모든 이야기를 담아
생명의 선율로
또박또박 동글동글
지구를 그린다

바다

팔과 온몸으로
바다를 첨벙첨벙 때려도
바다는 아파하지 않는다
파아란 하늘의 자혜로움 일까

너그럽게 모두를 받아주어서
푸른 마음 가득한 바다
햐이얀 면사포 드리우며
사랑의 세레나데를 보내네

노래하는 파도소리
유리알처럼 반짝이는 물결
태양이 넘나드는 바다 길

쓸쓸한 외로움을 가득히 안고
지새우는 바다는 언제 잠드나
깊고 오묘한 바다 사랑

사랑초

천생연분 사랑초
아침저녁 손짓하는 사랑초
화분 가득 나눈 사랑

마음의 창고에 가득한 사랑으로
가녀린 얼굴로 피어난 꽃
사랑이 익어가는
정다운 향기 이야기 꽃

햇님과 다정스레 나눈 사랑
슬픈 이별이 힘겨워
고개 숙인 사랑초 사랑

마음동산

찌푸린 날씨만큼 마음이 서글픈데
나에게 다가서는 기쁨의 나래
가슴 조이는 아픔이나 슬픔보다

나를 붙들어 주는
누군가의 위대한 힘으로
오늘도 내일도 꿈을 꾸며
깊고 오묘한
아름다운 인생여정을

한 걸음 한 걸음 잽싼 걸음으로
파아란 꿈 속 그리움에
빛나는 보석같은 인생길

넘나드는 벌과 나비가 되어
살포시 꽃피우는
마음동산 보석 길에
하늘빛 끝없는 기억들의 축제

숲길에서

때 묻지 않는 풍광명미
가슴을 활기차게 열어 제치고
눈 코 입귀를 쫑긋이 세우고
황홀한 피톤치드 향에 취한다

즐거운 바람 물 공기
선물 같은 생명의 속삭임
가슴 속 깊은 초록의 초대
초록빛 이슬이 초롱초롱 흐른다

윤슬에 초록이 황홀하다
내 영혼을 잠재우는 고요함
자연이 숨 쉬는 생명의 숲

아랫목 솜이불사랑

눈꽃이 활짝 핀 입춘 결혼식
하이얀 눈꽃송이 소복소복 잠들고
신혼 꿈 신혼 살이 어설픈데
서울 새색시 힘들까 봐
애지중지 시부모님 사랑으로
열흘 동안 신혼일기 썼네

부엌아궁이 불 땐 연기 가득 눈물짓고
무쇠솥 솥뚜껑 신혼 살이 무게
펌프 물 긷기 시동생 도와주고
꽁꽁 언 손으로 빨래터 옷 빨고
빨랫줄에 허수아비 된 옷가지

살 속 파고드는 으스스 떨리는 몸
아랫목 누워있는 마당만한 솜이불
발 뻗으라 손잡아 녹여주시던 어머님
포근히 감싸주셨던 깊은 사랑이야기
오십 년이 주마등처럼 흐르는 애틋함

푹신한 목화솜꽃
자자손손 덮어주는 사랑 가득한
목화솜 아랫목 솜이불

8부

사랑으로 가득한 꽃길여행
-시 평설評說 -

김명길 시조 시인, 문학박사. 문학평론가

| 이정순 시집 평설評說 |

− 사랑으로 가득한 꽃길여행−
−땀방울 맺힌 소금꽃처럼 삶의 체험을 소박한
시상전개詩想展開와 시적 참맛을 전하는 꽃의 시인−
김명길 시조 시인. 문학박사. 평론가

땀방울 맺힌 소금꽃처럼 삶의 체험을 소박한 시상전개詩想展開와 시적 참맛을 전하는 꽃의 시인

眞木 김 명 길

이정순 시인은 꽃의 시인이다. 삶이 꽃이다. 꽃의 향기를 가득 품은 시인이다. 꽃을 가꾸며 사랑하는 사람은 아름답다. 언제 어디에서나 꽃을 보면 꽃과 대화를 나눈다. 깊은 마음의 꽃 성찰이다. 삶의 체험을 아우르며 꽃에 대한 시적 감각이 뛰어나고 시어는 신선하다. 상림(相林)이 노래하는 꽃은 깊은 감정과 여운을 준다. 시적 감동의 근원은 시인이 가꾸고 기른 꽃들과 살아가는 여행이다.

빚어내는 비범한 솜씨
흙으로 피워내는 밥그릇
장인의 손에서 꽃피우는 꽃그릇

생명의 향기를 꽃피울 그릇
찬란하게 피워낸 꽃 밥그릇
꽃보다 어여쁘지만 향기가 그리워

코사지 꽃 밥그릇
물고기 꽃 밥그릇
거북이 꽃 밥그릇

사랑 초 가득히 꽃피운 꽃 밥그릇
아침마다 웃음꽃 다육이의 사랑이야기
풍성하고 예쁜 금천수의 우아한 자태
디자인에 안성맞춤 꽃 밥그릇
꽃 사랑 애정으로 행복의 보금자리
호야의 포인트 꽃 밥그릇 매력에 빠지다

『'꽃 밥그릇』 전문

　　시인이 노래한 〈꽃 밥그릇〉은 생활체험 시다. 집 대
문 앞과 넓은 고샅길 가로수 길에서 오르내리는 5층 계단
꽃길을 만들어 키우고, 옥상 텃밭까지 집안 창가에 피워내
는 꽃향기와 자태는 전문가 수준이다. 철 따라 꽃가게에서
제철 꽃을 사와 심고 가꾸며 시를 쓴다.
　　소크라테스는 "성찰하지 않는 삶은 살아갈 가치가 없
다."고 하였다. 꽃을 가꾸고 기른 시인의 삶과 체험은 꽃송
이 하나하나가 주옥같이 빛나는 시적 소재다. 꽃의 정서를
바탕으로 꽃에 스며있는 미적 아름다움과 꽃송이에서
인간성(人間性)을 융합시켜 표출하는 시다. 따라서 '꽃
밥그릇'은 '꽃 가꾸기 생활 체험 속에서 시적 감각이 신선

한 소재를 끌어들여 인간적 삶'을 담은 시다. 꽃 화분에 있는 꽃들의 모양·자태·꽃송이들 그리고 오순도순 자란 꽃모종들을 인격화(人格化) 시켜 노래했다. 꾸밈이 없고 시인의 마음 있는 그대로 표현했다. 서정적 자아의 꽃을 사랑하는 삶을 '꽃 밥그릇'에 담은 시다.

싱싱한 꽃 계단
아침 점심 저녁 밥상처럼
모습이 바뀌는 꽃 계단

식구들 발자국 소리를 기억할까
누구의 발자국 소리보다
나를 알아차릴 꽃들을 생각하며

다닥다닥 경쾌한 발걸음으로
미소 짓는 사랑으로
눈 맞춤으로 물을 주고

사시사철 피워내는 사랑이야기
애틋한 친구가 되어 준
꽃 계단 향기
행복 꽃길이 피어나는 우리 집

『우리 집』전문

〈 우리 집 〉은 '꽃과의 대화'다. 꽃과 속삭이는 시다. 하루에 몇 번씩 계단을 오르내리며 층층이 줄지어 활짝 웃는 아름다운 꽃들과 속삭이듯 대화를 나눈다. 화분에 흙을 넣고, 꽃을 심고, 가꾸는 시인은 어린 자식 기르듯 온갖 정성을 다하여 돌본다. 물주기, 꽃잎 닦기, 꽃 벌레 잡기 등 틈만 나면 사랑이 넘치는 꽃 손질을 한다. 꽃을 사랑하는 시를 짓는다. 꽃과 상상의 나래를 펼치며 대화를 한다.

꽃과의 대화는 상상의 이야기다. 질베르 뒤랑은 상상력을 "세상의 사물을 맺어주는 비밀스런 끈"이라고 했다. 서정적 자아는 계단에 피어있는 꽃들을 상상력의 영역으로 끌어들여 시적언어로 대화한다.

"식구들~ 발자국 소리를 기억할까 / 누구의~ 발자국 소리보다 / 나를 알아차릴 꽃들을 생각하며"

계단을 오르내리는 식구들의 발자국 소리를 들을까? 누구의 발자국소리보다 서정적 자아는 자기를 알아보기를 생각한다. 장날 장에 갔던 주인이 동구밖에 이르면 집을 지키던 개는 달려가 주인을 맞이한다. 시적 자아는 어렸을 때의 일을 상상하며 '꽃 계단 시'를 썼으리라.

"사시사철 피워내는 사랑이야기 / 애틋한 친구가 되어준 꽃 계단 향기 / 행복 꽃길이 피어나는 우리 집"

꽃은 아름다운 꽃봉오리와 꽃향기로, 서정적 자아는 꽃을 사랑하는 다정한 눈빛과 시적 언어로써 속삭인다. 시적 자아의 꽃사랑 상상력은 독창적인 깊은 감동이 스며있다. 꽃의 설렘과 화사한 웃음과 향기를 주어 시인은 매일 '사랑으로 가득한 꽃길'을 오르내리며 여행한다.

순결한 마음으로 날 이끄는 아침
오롯이 정직한 마음으로
하늘 향하여 진실만이 갈구하고픈 마음

어여쁜 자태로 나를 안위하는 꽃
나를 바라보는 너의 분신이 된 나
따사로운 눈빛으로 쑥설거리는 눈빛

행복을 선사하는 꽃부리 꽃향기
목마름을 호소하는 아침이면
어김없이 시원한 물 샤워

오고가는 이들에게 사랑의 쉼표
질투의 시선에 이별을 고해야하는 꽃
외로움에 너를 모셔 갔다면

꽃의 화신이 너를 보고 무어라 하겠느냐
집 나간 꽃은 예쁜 모습으로

나그네의 마음을 어여삐 토닥여 주렴

『꽃 도둑』 전문

'꽃 도둑' 묘사는 대문 앞에 꽃 화분을 모아놓고 기르는 꽃 정원이다. 시인 혼자만 꽃을 보고 감상하는 것보다 꽃을 아끼고 사랑하는 마을 사람들과 오가는 사람들에게 사랑과 기쁨과 행복을 나누기 위해서다. 꽃의 아름다운 향기가 넘치는 집.

"어여쁜 자태로 나를 안위하는 꽃 / 나를 바라보는 너의 분신이 된 나 / 따사로운 눈빛으로 쑥설거리는 눈빛"

서정적 자아는 '순결한 마음으로 날 이끄는 아침'이면 먼저 꽃과 속삭인다. 그런데 그날 아침 '우아하고 둥근 화사하게 꽃핀 영산홍 큰 화분'이 사라졌다. 가출을 하였다. 멋진 꽃 화분이었기에 오가는 사람들과 사진도 찍었던 스타였다. 그래서 시적 자아는

"질투의 시선에 이별을 고해야 하는 꽃 / 외로움에 너를 모셔 갔다면 / 나그네의 마음을 어여삐 토닥여 주렴"

도둑맞은 꽃에 대한 사랑을 빼앗긴 시인의 폭넓은 마음이 명상적 상상력으로 나타난다.

피천득님의"꽃씨와 도둑"은 마당이 있는 집에 꽃을 가꾸며 가을이 오면 꽃씨를 가져간다는 시다. 그에 비해 민중시인 박노해 시인은 "나는 꽃도둑이다"시에서 '계절따라 들꽃 도둑질 / 나는 아침마다 산책길에 / 꽃을 모시는 꽃도둑'라고 읊었다. 꽃을 사랑하는 시인들이기에 시적표현도 정겹다. 꽃길을 오가며 나누던 속삭임도 꽃도둑의 출현으로 비밀스런 끈 상상력을 통해 꽃의 깊이를 들여다보는 '지혜의 눈'으로 '꽃 도둑'을 창작했다.

갈매기 떼 날갯짓 반겨주며
푸른 물결 잠잠하고
하이얀 모래 반짝반짝
밥상을 튀겨 놓은 듯
서걱서걱 노래하는 발자국
새하얀 모랫길
행복한 여행길
마음은 파릇파릇한 소녀인데

민진이는 서울 이화 여자대학에 가고
강민이와 지오는 독일로 간다
보석같은 가족들
결혼 50주년
송이송이 피어올라
아름드리 큰 나무로

만방에 꽃피우리라
예수그리스도 향기를

『**탐라여행**』전문

"탐라여행"은 시인이 손자 손녀와 함께 제주도 여행을 노래한 시다. 어린이집 운영과 가사일 등 '일인다역(一人多役)일을 하면서 살아온 삶' 이제 아들 셋 장가보내 행복한 보금자리를 마련하였다. 손자들의 재롱에 미소가 가득한 칠순에 제주도 여행 중 행복 가득한 시다. 손자들과 만남, 대화, 여행, 놀이, 활동과 포근한 사랑이 어우러져 나타난다. 작가는 손자들을 끔찍이 사랑한다.

그런데 손녀는 대학을 서울 이화여자대학교로 갔다. 둘째 아들 가족은 독일로 갔다. 손자 손녀의 사촌간의 정을 끈끈하게 맺어주고 할아버지 할머니의 사랑을 확증하고 픈 미음으로 "탐라 여행'을 손자 손녀와 함께 간 것이다. 뿐만 아니라 시인은 결혼생활 50주년을 맞이하는 기쁨을 손자 손녀와 나누기 위해 먼 제주도 여행길을 나선 것이다.

삶의 험난하고 고달팠던 지난 시간들을 옛 소녀의 마음으로 여행의 추억을 남기고 싶은 시인 할머니의 청순함이 아로새겨진 시다. 시인의 시는 진솔한 가족 이야기다. 작품마다 손녀 손자들이 등장하고 솔직하고 담백한 삶의 이야기들이다. 포근한 사랑이 어우러져 나타난다.

　"소중한 손자들과 만나는 날은 나도 모르게 가슴이 뛰고
기분이 고조되곤 한다. 몸도 마음도 바쁘다. 이 세상에서
가장 예쁘고 귀엽고 사랑스런 손자들을 만나 손을 잡아주
고 안아주면서 느끼는 정감은 시인 생애 최고의 진정한 사
랑과 고마움이리라."

어떤 옷을 입힐까
기쁨의 날개를 달고
그에게로 달려 가리라

너와 나의 감정을 그대로 담아
환한 미소로
가슴을 활짝 열어
탄성이 터져 나오는
지혜의 삶
낭송 옷 꽃길

폭포수처럼 쏟구치는
희망의 닻을 달고
내 몸에 맞는 옷으로
시 낭송에 주파수를 맞추어

따뜻한 향기로
잠든 시간이 숙연하여
소리의 맑은 빛깔 속에
활짝 피어나는
낭송의 꽃이 된 나

『낭송의 옷』 전문

　　이정순 시인의 시는 삶의 시다. 체험의 시다. 생활의 시다. 실천하는 시다. 시 창작의 열성은 일생동안 꿈꾸고 키워 온 생명력의 본성이다. 시인이 개척한 꿈의 실천이다. 시인이 지은 시를 그 옛날의 소년 소녀의 감성과 늙음의 미학을 표현하는 시 낭송을 강의하는 전령사(傳令使)다. 시 속에서 즐거움을 찾고 황혼의 학생들에게 시의 참맛을 전하는 황혼시낭송교수(黃昏詩朗誦敎授)다.

　　'낭송의 옷'은 이정순 시인이 복지관 마음 치유 시 낭송 (詩朗誦) 강의체험 시다. 신선한 상상적 언어로 청각적 시각적 시적구성은 신선한 감각적 이미지다. 황혼에 시낭송과 강의는 이정순 시인의 패기가 넘친 환회의 순간이다. 강의에 대한 숭고한 이미지가 시(詩)속에 흘러넘친다. '환한 미소로 / 가슴을 활짝 열어 / 탄성이 터져 나오는 / 지혜의 삶 / 낭송 옷 꽃길'은 밝고 활력이 넘치고 숭고한 분위기를 자아낸다. 낭송의 즐거움이 있다.

'시 노래'는 경건한 분위기를 엿볼 수 있다. 젊은 날의 추억이 깊은 심안(心眼)으로 솟아 나오는 예찬 적인 시다. 젊은 날 삶의 체험이 시 낭송과 함께 되살아나 '시 노래'에서 감각적 나래를 펼친다. 서정적 자아는 '맑고 깨끗한 영혼으로 꽃이 되고 나비가 된다.'는 시 낭송에 대한 공경하는 마음이 자리 잡고 있다.

눈꽃이 활짝 핀 입춘 결혼식
하이얀 눈꽃 송이 소복소복 잠들고
신혼 꿈 신혼 살이 어설픈데
서울 새색시 힘들까 봐
애지중지 시부모님 사랑으로
열흘 동안 신혼일기 썼네

부엌 아궁이 불 땐 연기 가득 눈물짓고
무쇠솥 솥뚜껑 신혼 살이 무게
펌프 물 긷기 시동생 도와주고
꽁꽁 언 손으로 빨래터 옷 빨고
빨랫줄에 허수아비 된 옷가지

살 속 파고드는 으스스 떨리는 몸
아랫목 누워있는 마당만한 솜이불
발 뻗으라 손잡아 녹여주시던 어머님

포근히 감싸주셨던 깊은 사랑이야기
오십 년이 주마등처럼 흐르는 애틋함
푹신한 목화솜꽃
자자손손 덮어주는 사랑 가득한
목화솜 아랫목 솜이불

『아랫목 솜이불』 전문

"아랫목 솜이불"은 70년대 초 눈 내리던 입춘(立春)날 서울의 예식장에서 혼례를 마치고 시골 마을 시가로 신행을 했다. 시인은 남원시 진목마을에서 친척들과 마을 사람들이 모인 마당에서 우귀례(于歸禮)와 시 부모께 드리는 인사인 현구고례(見舅姑禮)를 올렸었다.

새색시 수업으로 부엌에서 불을 지펴 무쇠솥 밥 짓기는 제일 어려운 일이다. 많은 식구들의 식사 준비 중 첫째는 '함지박 쌀 씻기'다. 씻은 쌀 잘 일어 무쇠 밥솥에 넣고 아궁이 불을 잘 지펴야 맛있는 밥이 된다. 설익은 밥 삼층밥은 새색시 누구나 피해야 할 부엌의 필수과제였다.

"서투른 시집살이 첫날 / 함지박에 쌀을 씻고 / 무쇠밥솥 솥뚜껑 무거웠고 / 연기 자욱한 아궁이 불 때기도 어려웠네 / 부엌에 부는 바람 손등을 빨갛게 / 으스스 떨리는 차가움은 / 솜이불 속 손발의 따뜻한 천국"

부엌일이 끝나면 빨랫감을 가득 담은 큰 대야를 이고 냇가 빨래터에 가 큼직한 돌덩어리에 빨래를 올려놓고 빨랫방망이로 두들겨가며 빨래를 하였다. 냇가 빨래터는 온 동네 여자 빨래꾼들의 집합소다. 서울 색시 빨래 구경 문전성시다. 흐르는 물은 얼음물이다. 온몸이 꽁꽁 얼어붙고 손등은 얼어 터진다. 찬바람이 옷깃을 스치고 뼛속까지 파고드는 시골 빨래풍경은 세탁기 보급으로 지금은 찾아볼 수 없다. 빨래를 빨랫줄에 널면 제일 반기는 곳은 아랫목 솜이불이다.

　　'70년대 시가(媤家)의 풍경과 삶의 세계를 체험적으로 노래한 시다. "아랫목 솜이불"은 꽁꽁 언 냇물에 빨래하는 시인 아니 새댁의 몸을 녹여주는 구세주였다. 이불솜이 많이 들어간 이불을 가치 있게 생각한 때였고, 또 무거워 들지 못할 정도로 솜을 많이 넣었다.

　　솜이불! 옛 생활의 포근한 정이다. 시집온 시인이 겪은 시집살이의 고된 일이다. 냇가에서 빨래할 때 꽁꽁 언 몸을 녹여주는 일은 아랫목에 깔려있는 솜이불이다. 도시 생활을 하던 시인은 결혼 후 농촌 시가(媤家)에서 겪은 시집살이를 이야기하듯 자연스레 지난 세월을 더듬어 신혼 때 겪은 삶을 노래했다.

　　이정순 시인은 황혼기에 접어든 인생을 뿌리치듯 젊은

이 못지않게 창작활동과 사회활동에 돌격 적이다. 시니어 아카데미에서 '오감치유미술' 강의를 한다. 노인복지관, 구청 평생학습관에서 마음치유 시 낭송 강의를 한다. 시를 통한 우리말 전도사로서 우리말 순화와 사랑과 감동의 시 낭송을 지도 하고 있다. 황혼의 학생들에게 시인들의 시세계(詩世界)로 빠져들게 한다. 한 편의 시에 몰입하여 시인의 시(詩)속에서 시 낭송을 한다. 폭넓은 소리 예술 문학 활동이다.

꾸준한 시적탐구(詩的探究)로 뿌리내린 삶, 50여년의 교육 현장에 대한 열정으로 꽃을 가꾸고 기르며 자연에 대한 담담한 고백의 시를 짓는다. 시적 표현 기교는 이정순 시인의 탄탄한 내공의 일면을 세련된 시적 언어로 표현한다.

상림(相林) 이정순 시인의 첫 시집 "사랑으로 가득한 꽃길 여행" 출간을 축하드립니다. 사랑으로 가득한 꽃길 여행이 되소서!

사랑으로 가득한 꽃길여행

이정순 시집

초 판 인 쇄	|	2025년 3월 10일
발 행 일 자	|	2025년 3월 15일
지 은 이	|	이정순
펴 낸 이	|	김연주
펴 낸 곳	|	도서출판 성연
등 록	|	(등록 제2021-000008호)경남 창원
홈 페 이 지	|	https://cafc.daum.nct/scongyeon2021
사 무 실	|	창원시 성산구 대원로 27번길 4(시와늪문학관 내)
디 자 인	|	배선영
삽 화 그 림	|	배성근
대 표 메 일	|	baekim2003@daum.net
전 자 팩 스	|	0504-205-5758
대 표 전 화	|	010-4556-0573
정 가	|	13,000원
ISBN	|	979-11-986868-9-3(03800)

◐ 저자와의 협약으로 인지를 생략합니다.
◐ 이 시집의 전부 또는 일부를 재사용하려면 반드시 지은이와 도서출판 성연에
  동의를 얻어야 합니다.
◐ 본 지는 한국간행물 윤리위원회의 윤리강령 실천요강을 준수합니다.
◐ 파본 된 책은 교환해 드립니다.

이 도서의 출판 예정 도서 목록(CIP)은 ISBN: 979-11-986868-9-3(03800)
국립중앙도서관 서지정보유통지원시스템 홈페이지(http://seoji.nl.go.kr/)와 국
가자료목록시스템(http://www.nl.go.kr/kolisnet)에서 이용할 수 있습니다.